*A Sergi, que convierte los personajes
de tinta en risas de colores.*

José Carlos Andrés

*Para Luna, mi pequeña pirata: Nunca tengas miedo
de vivir en la vida lo que realmente te hace feliz.*

Sonja Wimmer

Los miedos del capitán Cacurcias
Colección Somos8

© del texto: José Carlos Andrés, 2014
© de las ilustraciones: Sonja Wimmer, 2015
© de la edición: NubeOcho, 2015
www.nubeocho.com – info@nubeocho.com

Correctora: Daniela Morra

Tercera edición: 2016
Segunda edición: 2015
Primera edición: Marzo 2015

ISBN: 978 84 943691 2 4
Depósito Legal: M-6955-2015
Impreso en China

Los Miedos del Capitán Cacurcias

José Carlos Andrés

Sonja Wimmer

nubeOCHO

El capitán Cacurcias

tiene cara de pirata,

viste como los piratas

y grita

¡BACALJO!

como los piratas.

Vamos, que es un auténtico

pirata.

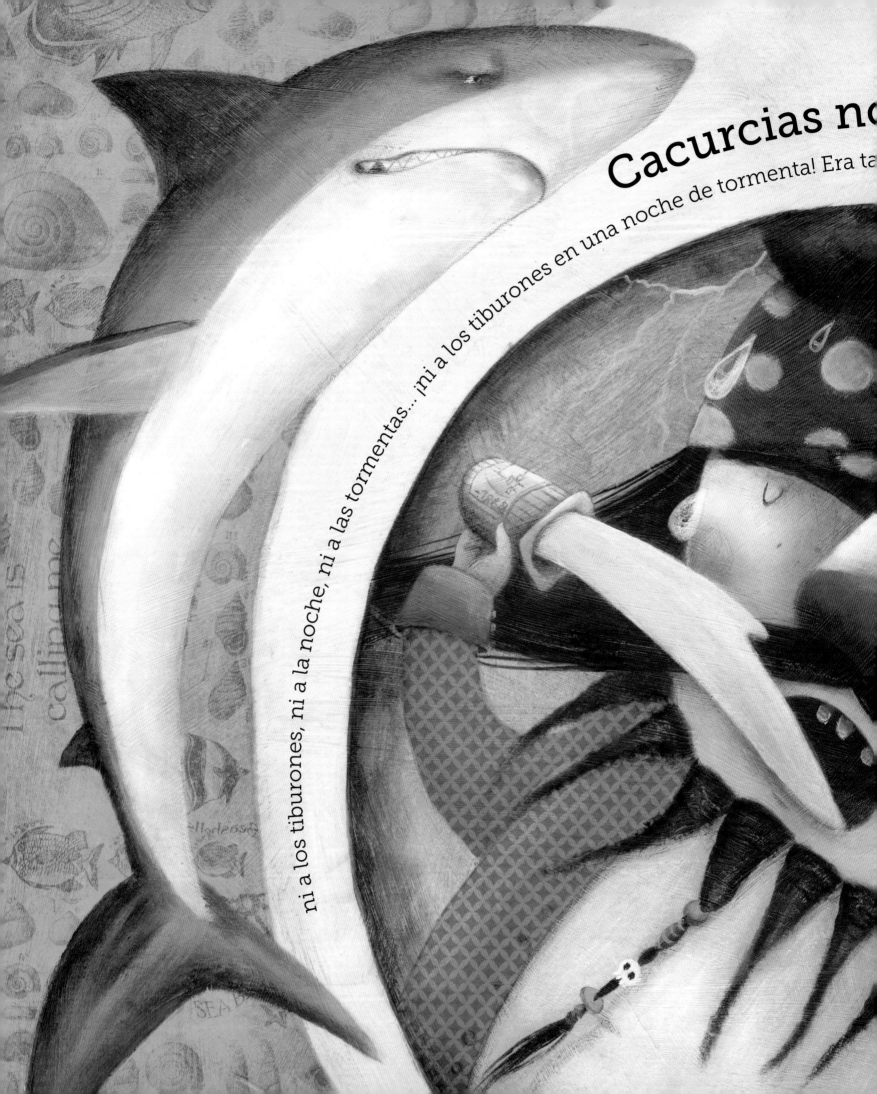

Cacurcias no

¡Era ta

en una noche de tormenta!

ni a los tiburones en una noche de tormenta... ¡ni a los tiburones

ni a los tiburones, ni a la noche, ni a las tormentas...

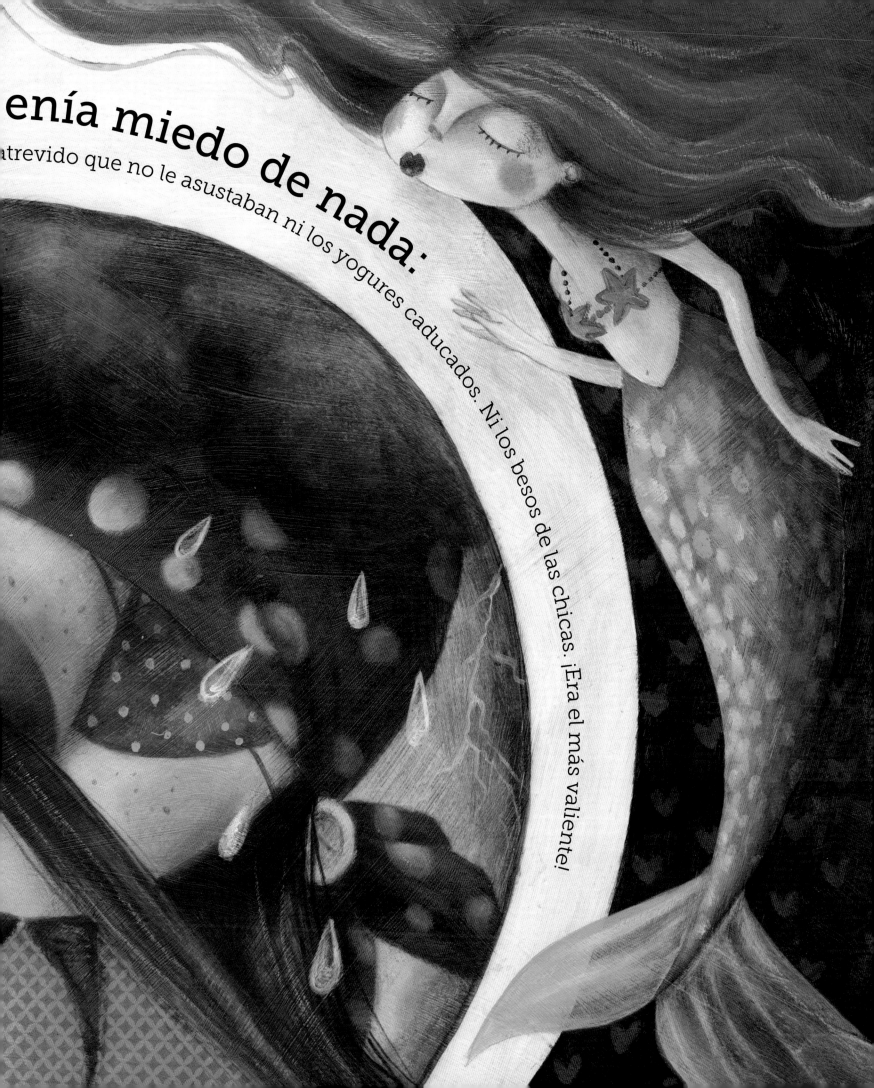

...enía miedo de nada:

...atrevido que no le asustaban ni los yogures caducados. Ni los besos de las chicas. ¡Era el más valiente!

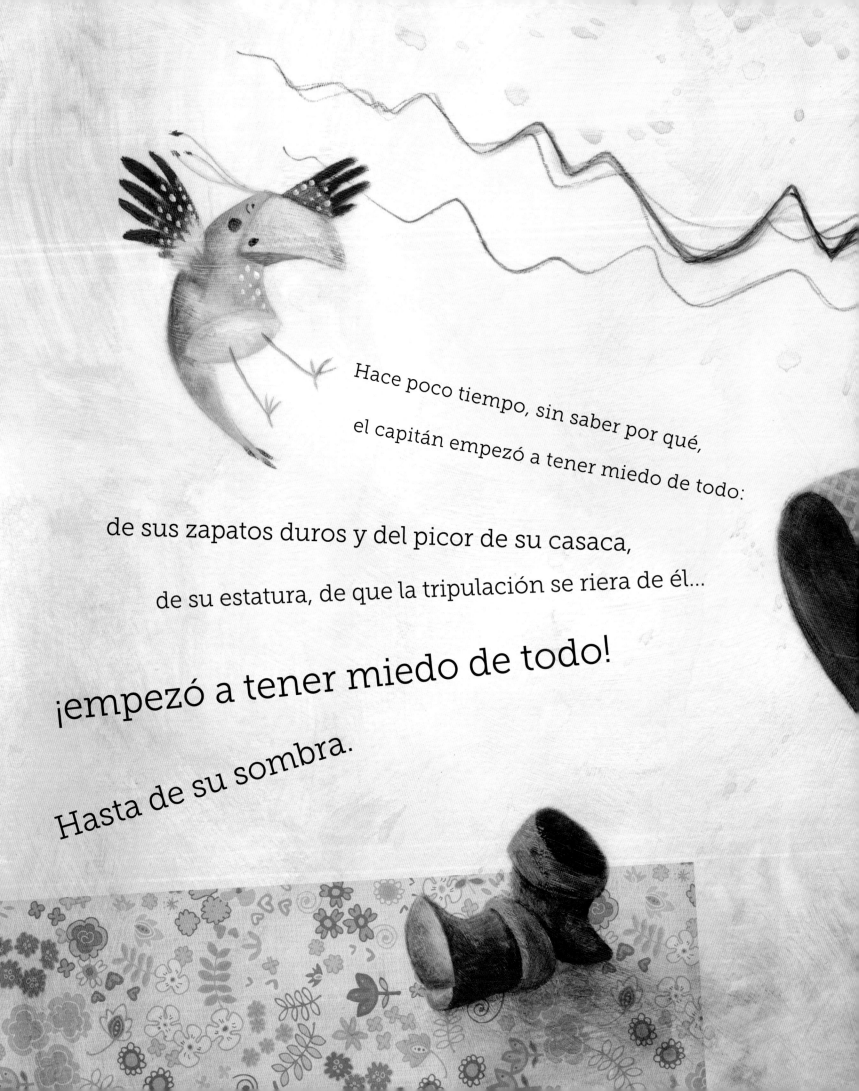

Hace poco tiempo, sin saber por qué,
el capitán empezó a tener miedo de todo:

de sus zapatos duros y del picor de su casaca,

de su estatura, de que la tripulación se riera de él...

¡empezó a tener miedo de todo!

Hasta de su sombra.

El barco de Cacurcias se llamaba

«Malasombra Queasombra»

y todos sus piratas eran
muy brutos, terribles y feroces.

En realidad querían mucho a su capitán, pero esto no lo podía saber nadie porque eso nunca lo dicen los piratas.

Cuando se dieron cuenta de que Cacurcias tenía tanto miedo, decidieron que tenían que ayudarlo.

Pensaron, pensaron, pensaron...
y solo se les ocurrió llevarlo al barco
del fantasma de los ojos azules.

–¡Pues vaya ayuda tan mala! –dijo Cacurcias.

Es que estos piratas son muy brutos y pensar,
lo que se dice pensar, no es lo suyo.

Cuando Cacurcias se quedó solo en el barco, ocurrió lo que tenía que ocurrir: apareció un fantasma.

Pero no uno cualquiera, no, apareció...

¡EL FANTASMA
   DE LOS OJOS AZULES!

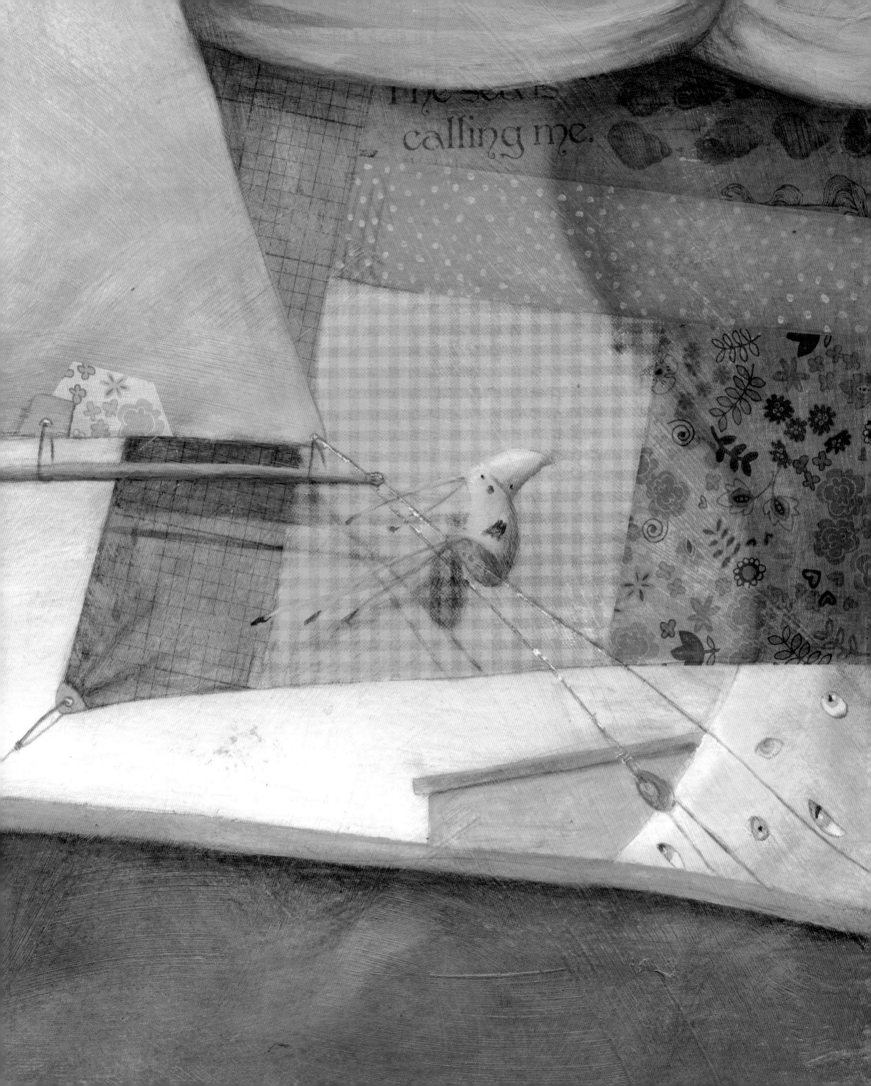

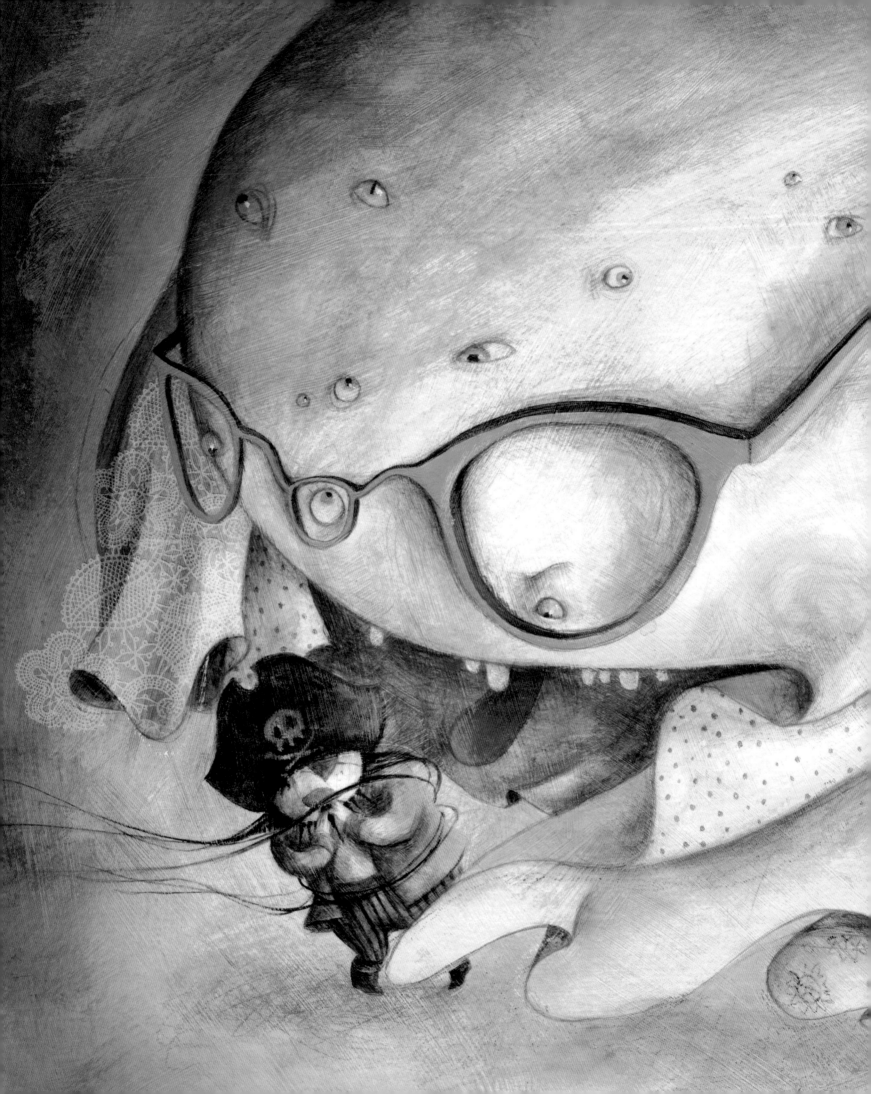

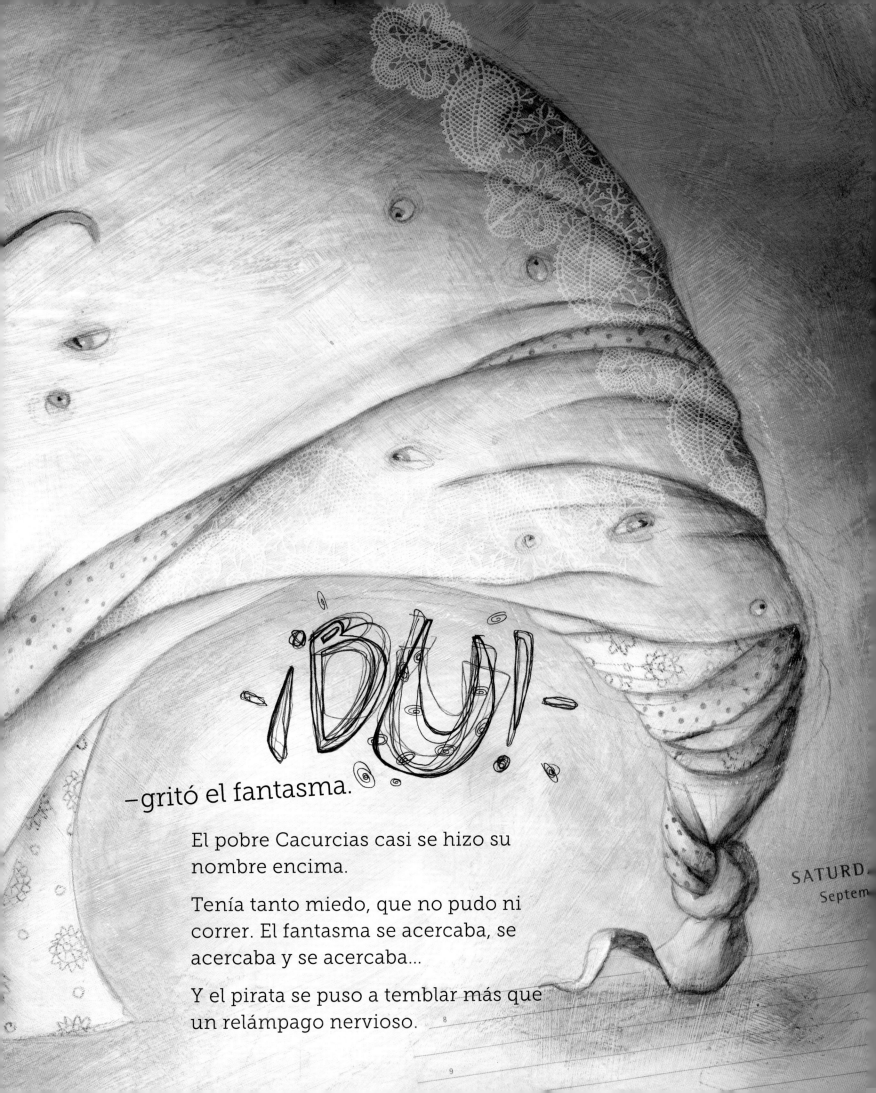

¡BU!

—gritó el fantasma.

El pobre Cacurcias casi se hizo su nombre encima.

Tenía tanto miedo, que no pudo ni correr. El fantasma se acercaba, se acercaba y se acercaba...

Y el pirata se puso a temblar más que un relámpago nervioso.

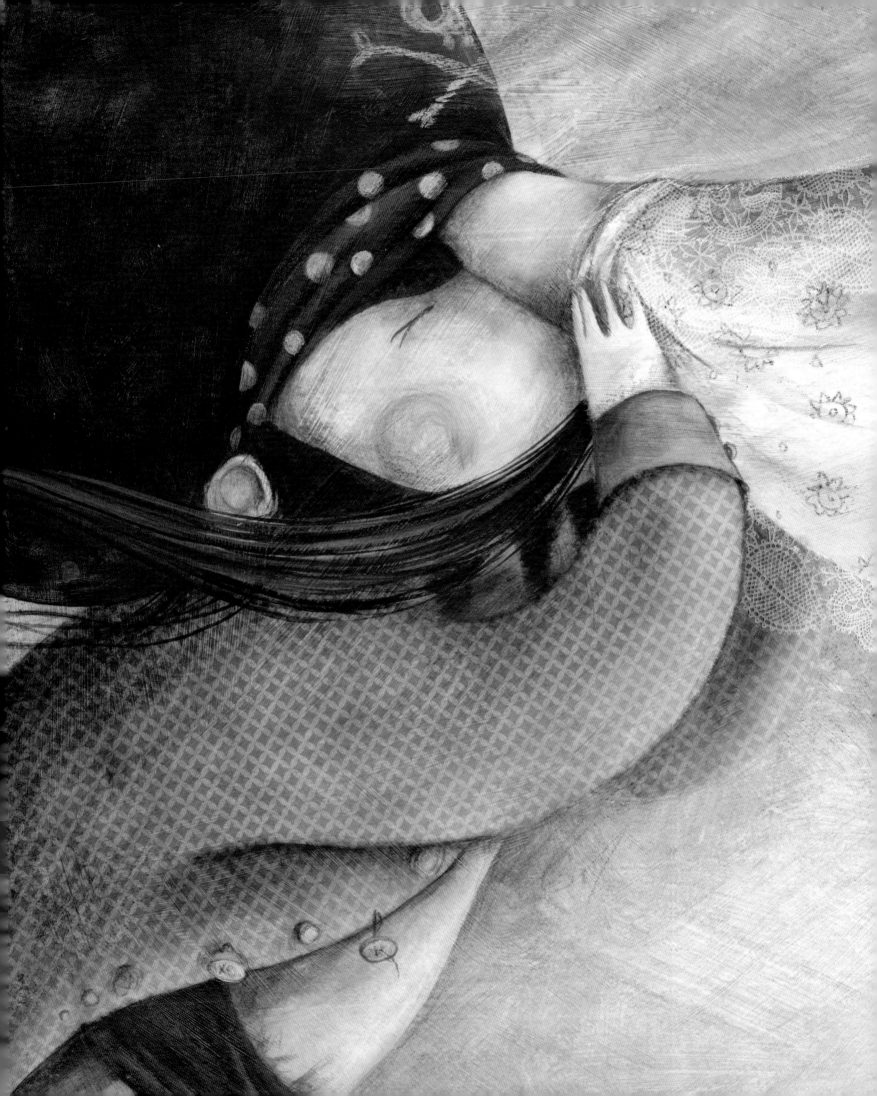

Cuando ya no podía aguantar más el miedo, Cacurcias se paró a pensar: «¡Espera un momento!... ¿Existen los fantasmas? ¡No!, ¡no existen!».

Entonces comenzó a decir en alto:

–No existen, no existen, no existen.

Y de repente, ¡el fantasma desapareció!

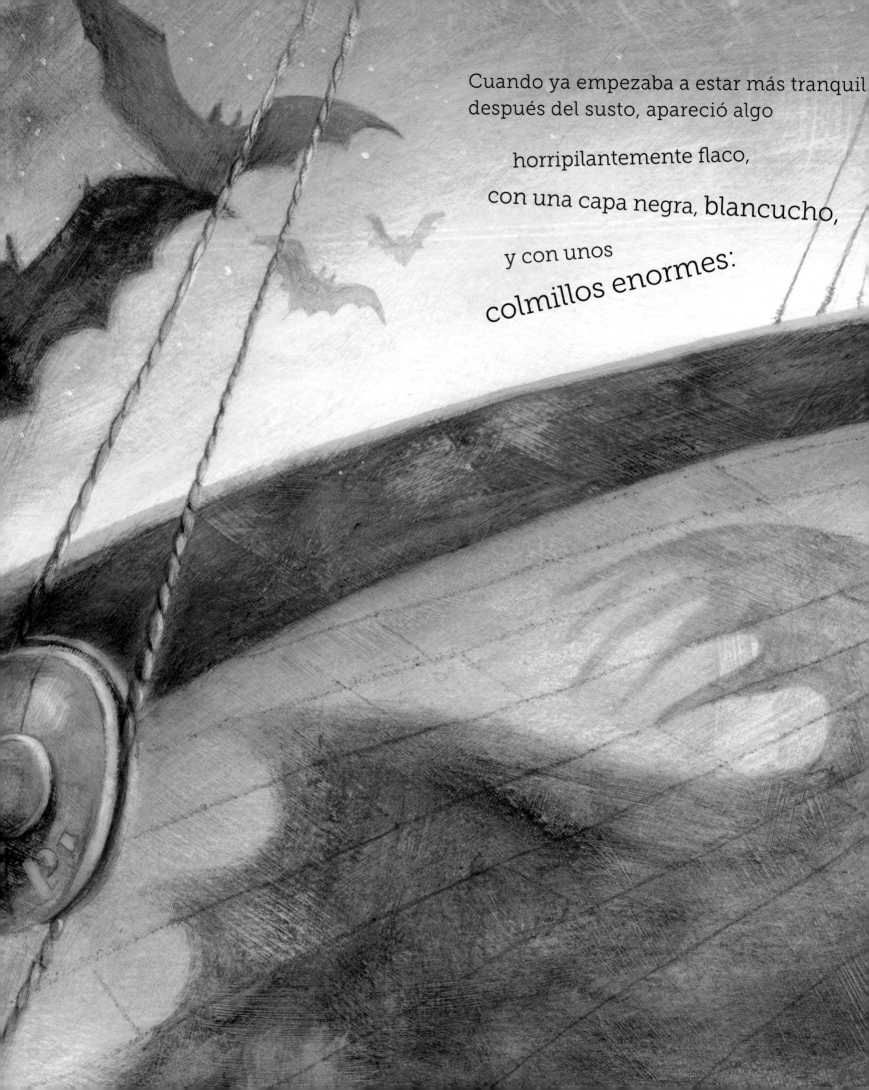

Cuando ya empezaba a estar más tranquil
después del susto, apareció algo

horripilantemente flaco,
con una capa negra, blancucho,
y con unos
colmillos enormes:

¡UN VAMPIRO!

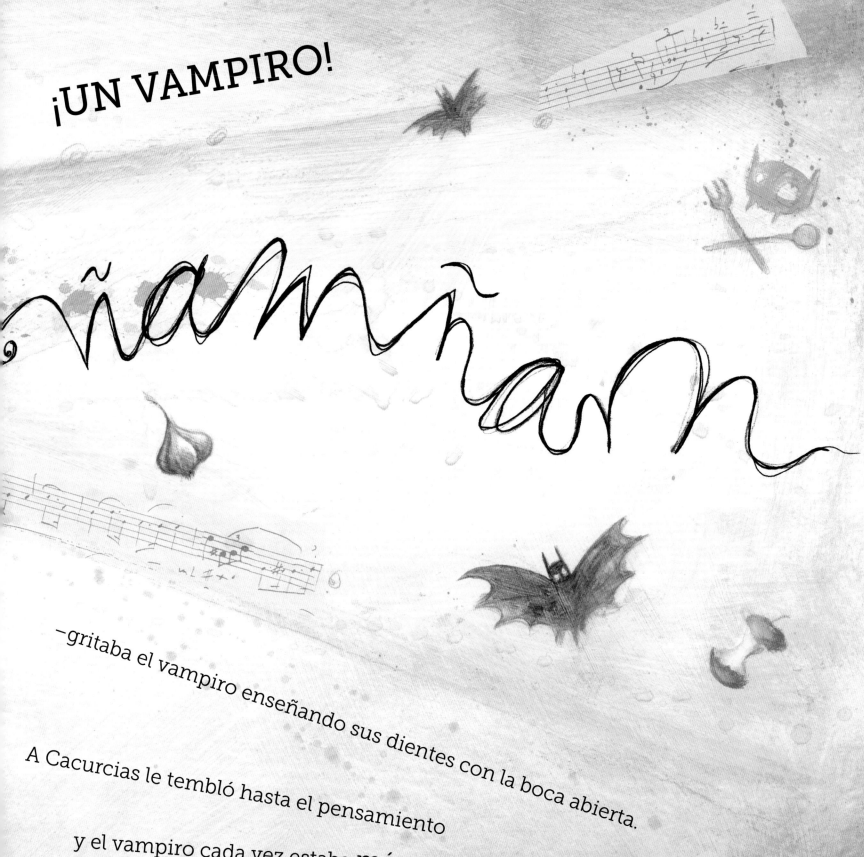

ñam ñam ñam

—gritaba el vampiro enseñando sus dientes con la boca abierta.

A Cacurcias le tembló hasta el pensamiento

y el vampiro cada vez estaba más cerca, más cerca...

¡tan cerca que se podía oler su horrible aliento a ajo!

Cacurcias pensó de nuevo, temblando como un barco de papel en alta mar: «¿Existen los vampiros? ¡No!, ¡claro que no existen!».

Comenzó a decir en alto:

—No existen, no existen, no existen.

Y entonces...

¡el vampiro se esfumó!

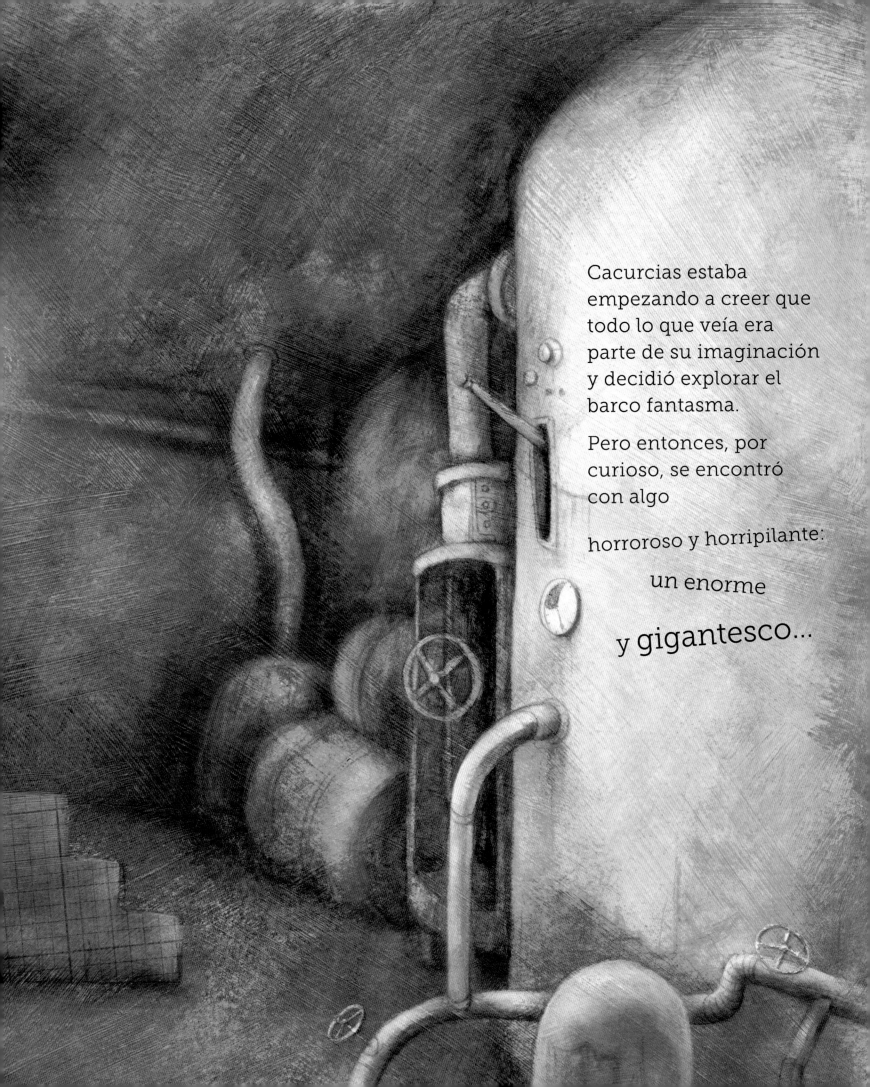

Cacurcias estaba empezando a creer que todo lo que veía era parte de su imaginación y decidió explorar el barco fantasma.

Pero entonces, por curioso, se encontró con algo

horroroso y horripilante:

un enorme

y gigantesco...

¡HOMBRE LOBO!

—¡GUAU GUAU GUAU!—

- ladró el hombre lobo con cara de bobo.

El bicho ese era feo, pero feo, feo, feo.

Y lo peor es que estaba lleno de pulgas
(y con cara de tener malas pulgas).
El hombre perrucho se acercaba.
Y también las pulgas.

Estaba ya tan próximo a Cacurcias, que incluso
una le picó en el dedo gordo del pie.

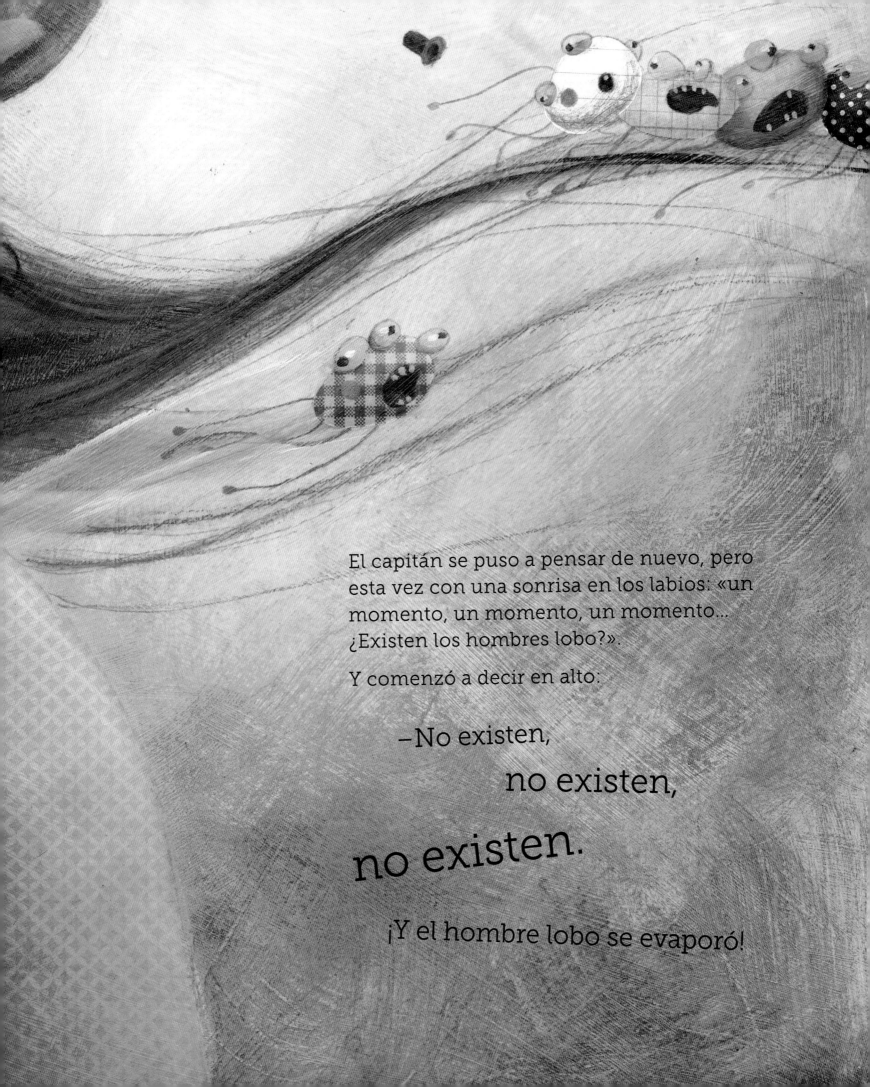

El capitán se puso a pensar de nuevo, pero esta vez con una sonrisa en los labios: «un momento, un momento, un momento... ¿Existen los hombres lobo?».

Y comenzó a decir en alto:

—No existen,

no existen,

no existen.

¡Y el hombre lobo se evaporó!

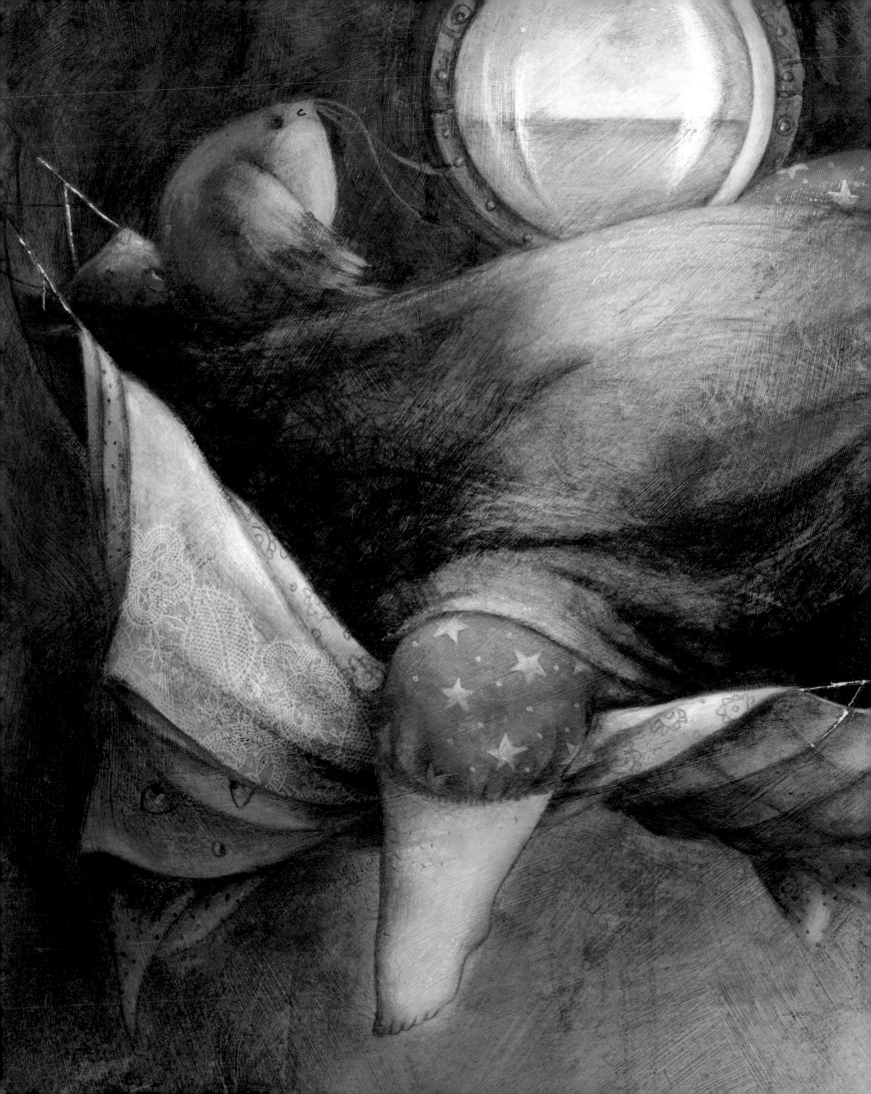

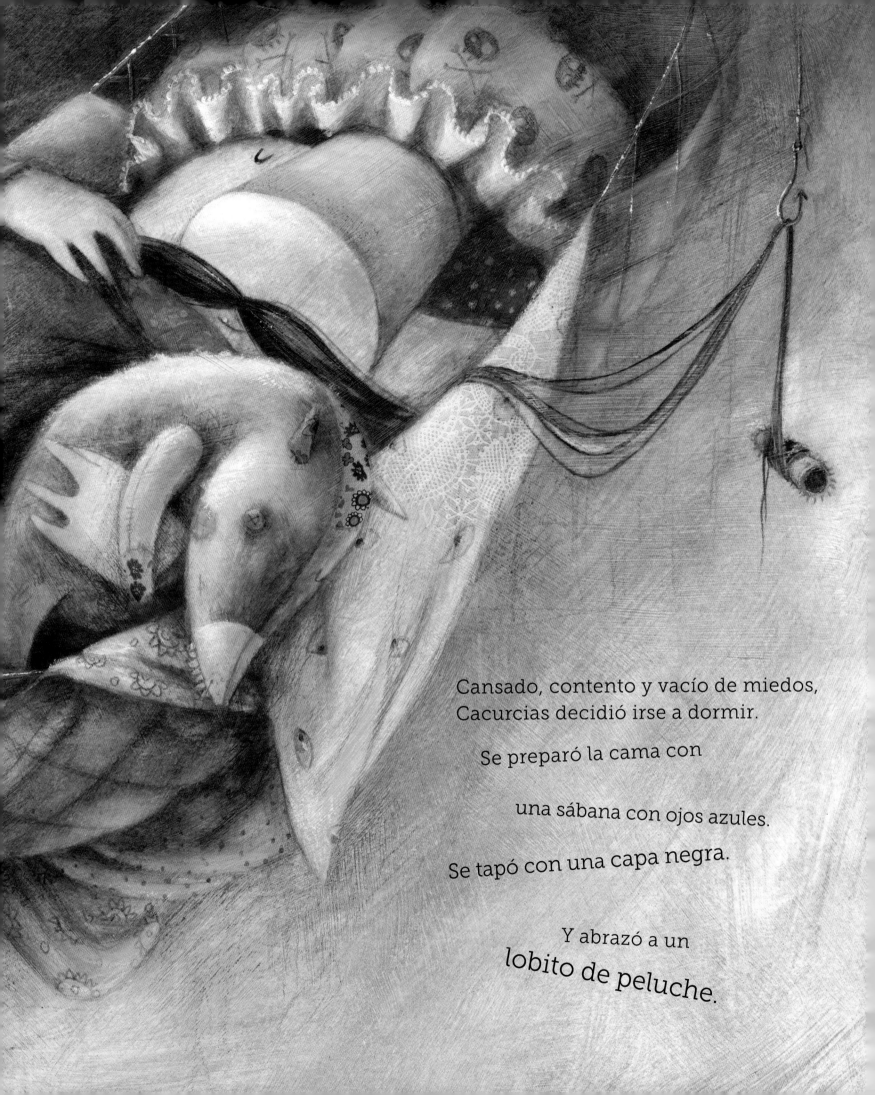

Cansado, contento y vacío de miedos,
Cacurcias decidió irse a dormir.

Se preparó la cama con

una sábana con ojos azules.

Se tapó con una capa negra.

Y abrazó a un
lobito de peluche.

Y desde aquella noche,

el capitán Cacurcias

durmió plácidamente

y no volvió a tener miedo.

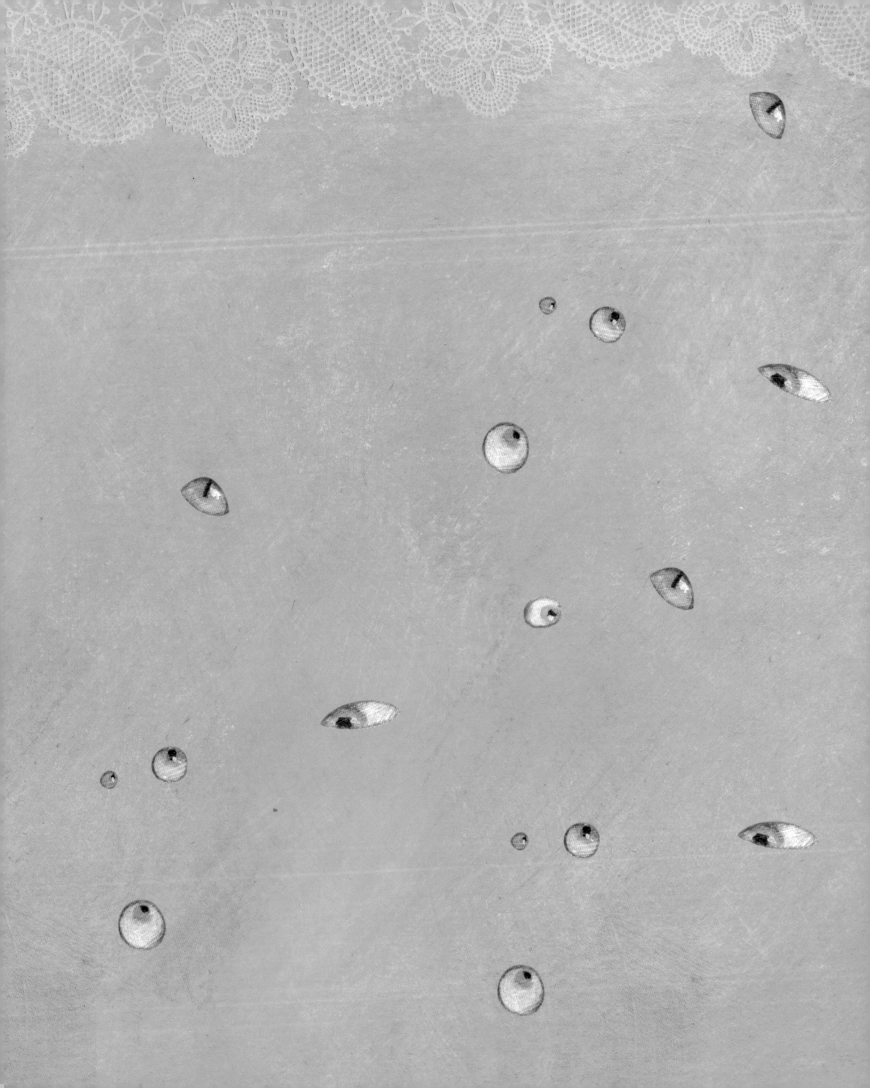